La oficina es u...
que da mucho miedo.

Tiene unos teléfonos que suenan muy fuerte.
Y una señora que no conozco que escribe a
máquina. Y una fila de sillas donde se sientan los niños malos.

Seño me sentó en una azul.

—Espera aquí —me dijo.

—Sí, claro, pero yo no soy mala
—susurré.

Entonces me puse el suéter en la cabeza.
Así nadie me podía ver sentada en la silla de
los niños malos.

Junie B. Jones
y el
negocio del
mono

por Barbara Park
ilustrado por Denise Brunkus

SCHOLASTIC INC.

New York   Toronto   London   Auckland   Sydney
Mexico City   New Delhi   Hong Kong   Buenos Aires

Originally published in English as
Junie B. Jones and a Little Monkey Business.

Translated by Aurora Hernandez.

ISBN 0-439-42514-X

12 11 10 9 8 7 6 5 4 3 2   3 4 5 6 7/0

Printed in the U.S.A.   40

First Scholastic Spanish printing, September 2002

Contenido

Junie B. Jones
y el
negocio del mono

1/ Sorpresa

Me llamo Junie B. Jones. La B es de Beatrice, pero a mí no me gusta Beatrice, sólo me gusta la B y ya está. La B también es de algo más.

La B es de B-E-B-É.

Sólo estoy en kindergarten, pero ya sé cómo se escribe B-E-B-É. Lo sé porque mi mamá me contó que ella iba a tener una de esas cosas.

Ella y papá me lo dijeron un día a la hora de cenar. Era el día que cocinó coliflor que me da un asco horrible.

—Papá y yo tenemos una sorpresa para ti, Junie B. —dijo mamá.

Y entonces yo me puse muy contenta porque a lo mejor era que ya no tenía que seguir comiendo la coliflor.

¡Y a veces una sorpresa es un regalo! ¡Y los regalos son mis cosas favoritas del mundo mundial!

Empecé a saltar de arriba abajo en mi silla.

—¿Qué es? ¿Lo has *envolvido*? No lo veo —dije muy nerviosa.

Entonces miré debajo de la mesa. Porque a lo mejor la sorpresa estaba escondida allí abajo con un lazo rojo encima.

Mamá y papá se sonrieron. Luego mamá me sujetó la mano.

—Junie B., ¿te gustaría tener una hermanita o un hermanito? —me dijo.

Yo moví los hombros arriba y abajo.

—No sé. A lo mejor —le dije.

Entonces miré debajo de mi silla.

—¿Sabes qué? —dije—. Que no puedo encontrar el regalo ese por ninguna parte.

Mamá me hizo sentar. Luego ella y papá dijeron no sé qué más cosas sobre un bebé.

—El bebé también va a ser tuyo, Junie B. —dijo papá—. Imagínatelo. Vas a tener un hermanito o una hermanita para que juegue contigo. ¿No crees que será divertido?

Volví a mover los hombros arriba y abajo.

—No sé. A lo mejor —dije.

Luego me bajé de la silla y me fui corriendo a la sala.

—¡OIGAN, MALAS NOTICIAS! —grité muy fuerte—. ¡EL REGALO TAMPOCO ESTÁ EN ESTE SITIO TAN TONTO!

4

Mamá y papá entraron en la sala. Ya no se reían tanto.

Papá tomó aire.

—No hay ningún regalo, Junie B. —dijo—. No dijimos que había un regalo. Dijimos que teníamos una sorpresa. ¿No te acuerdas?

Entonces mamá se sentó a mi lado.

—La sorpresa es que voy a tener un bebé, Junie B. Dentro de unos meses tendrás un hermanito o una hermanita. ¿Lo entiendes ahora?

Entonces me crucé de brazos y puse cara de mal humor. Porque de repente lo entendí. Pues por eso.

—¿No me has comprado ni una cosa? —dije gruñendo.

Mamá me miró enojada.

—¡No lo aguanto más! —dijo.

Y se fue otra vez a la cocina.

Papá dijo que *le debía una culpa* a mamá.

Una culpa es cuando tienes que decir lo siento.

—Sí, pero ella también me tiene que *dar una culpa* —le dije—. Porque un bebé no es una sorpresa nada buena.

Fruncí la nariz.

—Los bebés huelen a *k.k.* —expliqué—. Una vez olí uno en casa de mi amiga Grace. Tenía un poco de *vomitado* en su ropa. Entonces me tapé la nariz y grité: ¡QUÉ ASCO, HUELE QUE APESTA! Y luego la tal Grace me dijo que me fuera de su casa.

Cuando terminé mi historia, papá fue a la cocina a hablar con mamá.

Después me llamó mamá. Y me dijo que si el bebé olía que apestaba, me compraría mi propio ambientador. Y que yo podría apretar el spray yo solita.

Pero no lo puedo echar encima del bebé con olor a *k.k.*

—Yo quiero uno que huela a bosque de pinos —dije.

Entonces yo y mamá nos dimos un abrazo. Y me volví a sentar en la mesa. Y terminé mi cena.

Menos la asquerosa coliflor.

¿Y sabes qué pasó?

Que me quedé sin postre. Pues eso.

2 La habitación del tonto del bebé

Mamá y papá prepararon la habitación del bebé.

El cuarto del bebé antes era el cuarto de huéspedes. Allí era donde dormían los invitados. Pero la verdad es que casi nunca tenemos invitados.

Y ahora si viene alguno, tendrá que dormir en una mesa o algo así.

El cuarto del bebé tiene muchas cosas nuevas. Eso es porque mamá y papá fueron de compras a la tienda de cosas para bebés.

Allí compraron un aparador de bebé con tiradores verdes y amarillos. Y una lámpara nueva que tenía una jirafa en la pantalla. Y también una mecedora para cuando el bebé llora y no puedes hacer que cierre la boca.

Y también hay una cuna nueva.

Una cuna es una cama con barrotes en los lados. Es como las jaulas del zoológico. Sólo que en la cuna puedes meter la mano a través de las barras. Y el bebé no te agarra y te mata.

¿Y sabes qué más hay en el cuarto del bebé? ¡Papel pintado! ¡Pues eso! Con dibujos de la selva. Tiene elefantes y leones y un *hipo-po-algo* muy gordo.

¡Y también hay monos! ¡Que son mis animales de la selva preferidos del mundo mundial!

Mamá y papá empapelaron la pared entre los dos.

Yo y mi perro Cosquillas nos quedamos mirando.

—Este papel queda muy bien aquí —les dije—. Yo también lo quiero para mi cuarto. ¿Puedo? ¿Me dejan? ¿Me dejan?

—Ya veremos —dijo papá.

Ya veremos es otra manera de decir no.

—Sí, claro. No es justo —dije—. Porque el bebé tiene todo nuevo y yo sólo tengo cosas viejas.

—Pobre Junie B. —dijo mamá en broma.

Entonces se agachó y me quiso abrazar. Pero no pudo porque tenía una barrigota muy gorda donde estaba el tonto del bebé.

—Creo que ese bebé tan tonto no me va a gustar —dije.

Mamá dejó de abrazarme.

—No digas eso, Junie B. Claro que te gustará —dijo.

—Claro que no —le contesté—. Porque

ni siquiera me deja abrazarte bien. Y además ni siquiera sé cómo demonios se llama.

Entonces mamá se sentó en la mecedora nueva. Intentó sentarme en sus piernas. Pero yo no *cabo* ahí. Así que sólo me agarró la mano.

—Eso es porque papá y yo todavía no hemos elegido un nombre para el bebé —me explicó—. Queremos un nombre que sea original. Algo que suene bien, como Junie B. Jones. Un nombre que a la gente no se le olvide.

Entonces pensé y pensé mucho.

Y luego empecé a aplaudir muy fuerte.

—¡Oye! ¡Ya sé uno! —dije muy entusiasmada—. El nombre de la señora del comedor de mi escuela que se llama Señorita Guzmán.

Mamá frunció un poco el ceño. Creo que lo hizo porque no me oyó muy bien.

—¡SEÑORITA GUZMÁN! —grité—. ¿A

que es un nombre muy lindo? ¡Y no se me olvida! Fíjate, sólo lo he oído una vez y se me ha quedado en la cabeza.

Mamá respiró hondo.

—Sí, mi amor, pero no estoy segura de que Señorita Guzmán sea un buen nombre para un bebé chiquitito.

Entonces me apreté la cara con las manos. Y me puse a pensar y a pensar otra vez.

—¿Y qué tal Chiqui? —dije—. Chiqui estaría muy bien.

Mamá sonrió.

—Bueno, Chiqui está bien mientras el bebé es pequeñito. ¿Pero cómo lo vamos a llamar cuando crezca?

—¡Chiqui Grandote! —dije muy contenta.

Entonces mamá dijo: "Ya veremos".

Lo que quiere decir que no a Chiqui Grandote.

Después de eso yo ya no estaba tan contenta.

—Y además, ¿cuándo va a salir el tonto ese del bebé? —dije.

Mamá volvió a fruncir el ceño.

—El bebé no es tonto, Junie B. —dijo—. Y estará aquí muy pronto. Así que más vale que te hagas a la idea.

Entonces ella y papá siguieron poniendo el papel pintado.

Entonces yo abrí la nueva alacena del bebé con los tiradores verdes y amarillos. Y empecé a mirar la ropita nueva del bebé.

Los piyamas del bebé eran enanos. Y las medias no me cabían ni en el dedo gordo del pie.

—Yo seré la jefa del bebé —le dije a Cosquillas—. Porque yo soy la mayor. Y ya está.

Papá chascó los dedos.

—Basta de hablar así, jovencita —dijo.

Jovencita me llaman cuando me meto en un lío.

Después de eso, él y mamá se fueron a la cocina para preparar más engrudo.

Y entonces me asomé al pasillo para asegurarme de que se habían ido.

—Ya, ya, pues pienso seguir siendo la jefa —dije en voz baja.

Ja, ja. Y ya está.

3/ Una cosa maravillosa

¡Ayer pasó una cosa maravillosa!

¡Y es que comí pastel en la cena!

¡Sólo pastel y nada más!

Eso es porque mamá se fue al hospital a tener el bebé. Y papá y la abuela Miller se fueron con ella.

Y entonces, nos quedamos en casa solos yo y el abuelo. Los dos solitos. ¡Sin nadie que nos cuidara!

¿Y sabes qué? ¡Que el abuelo se fumó un cigarro de verdad dentro de casa! Y la abuela no gritó: "Sal fuera de casa con esa cosa, Frank".

Después el abuelo me llevó a caballito.

Y luego me dejó ponerme el sombrero nuevo de la abuela Miller, que tiene una pluma muy larga de color café.

Y también me puse sus zapatos rojos de tacón.

Pero luego me caí en la cocina. Y me los quité muy rápido.

—¡Oye! ¡Me podía haber partido la cabeza con estas cosas tan tontas! —grité.

Después de eso, abrí el *frigerador* porque me dio mucha hambre después de jugar. Pues por eso.

—¡OYE, FRANK! ¿SABES QUÉ? ¡QUE AQUÍ HAY UN PASTEL DE LIMÓN ENORME! —grité.

Luego el abuelo Miller sacó dos platos. ¡Y entonces yo y él comimos el pastel de limón enorme en la cena!

¡Sólo pastel y nada más!

¡Y además esta vez no nos meteremos en un lío! Porque le vamos a decir a la abuela que se lo comió el gato.

Y también hay otra cosa muy divertida: que me quedé a dormir en el cuarto de los invitados del abuelo Miller.

Primero me puse mi piyama con pies. Y luego el abuelo se quedó mirando cómo me cepillaba el diente de delante, que es nuevo. Y me arropó en la cama grande de invitados.

—Que duermas bien, Junie B. —me dijo.

Sólo que me empezó a entrar un poquito de miedo por dentro.

—Sí abuelo, pero ¿sabes qué? —le dije—. Que este cuarto está muy oscuro. Y a lo mejor hay cosas por ahí escondidas.

El abuelo miró por toda la habitación. Y también en el armario.

—No. Aquí no hay nada escondido —dijo.

Luego dejó la luz del pasillo encendida. Para que no le diera vueltas a mi *maginación*.

Pero de todas formas no dormí muy bien. Porque debajo de la cama había un tipo baboso y tenía unas garras muy largas. Creo.

19

Así que esta mañana yo no podía abrir los ojos.

Pero luego olí algo que me despertó de golpe.

¡Y eso se llama unos riquísimos panqueques!

¡El abuelo Miller los hizo para mí! Y me dejó ponerme yo solita el sirope. Y no gritó: "¡Hey! ¡hey! ¡hey!".

Después de eso yo y él jugamos hasta que llegó la hora de ir a kindergarten.

¡Pero antes de irme pasó la cosa más divertida del mundo! ¡La abuela Miller llegó a casa!

¡Y dijo que mamá había tenido el bebé!

¡Y que era del tipo varón!

¡Entonces yo y ella y el abuelo nos dimos un abrazo gigante!

Y la abuela Miller me levantó. Y me columpió en el aire.

—¡Te va a encantar el bebé, Junie B.! —dijo ella—. ¡Es el bebé más mono que he visto en mi vida!

Entonces abrí mucho los ojos.

—¿Ah, sí? ¿De verdad? —dije.

La abuela Miller me puso en el piso. Luego empezó a hablar con el abuelo.

—Ya verás cuando lo veas, Frank —le dijo—. Tiene los dedos de las manos y de los de los pies larguísimos.

Yo tiré de su vestido.

—¿Cómo de largos, abuela? —dije—. ¿Más largos que los míos?

Pero la abuela siguió hablando.

—¡Y el pelo, Frank! ¡Dios mío! ¡Tiene un montón de pelo negro y muy grueso!

Yo jalé del brazo de la abuela.

—¿Cómo? ¿Cómo es que tiene pelo, abuela? —pregunté—. Yo creía que los bebés eran calvos.

Pero la abuela siguió sin contestarme.

—Y es muy grande, Frank. Es mucho más grande que los otros bebés que están en el hospital. Y ya verás lo fuerte que se agarra al dedo cuando...

Entonces di un pisotón muy fuerte en el suelo.

—¡EH! ¡ESTOY ESPERANDO A QUE ME CONTESTES, HELEN! ¿ES QUE NO SABES QUE TAMBIÉN ES MI BEBÉ?

La abuela Miller frunció el ceño. Supongo que es porque no la puedo llamar Helen. Creo.

—Perdón —dije con la voz un poco baja.

Luego la abuela Miller se agachó donde yo estaba. Y así ya no tuve que gritar más.

—¿Todo eso es verdad, abuela? —dije—. ¿Mi hermanito es de verdad el más mono que has visto en tu vida? ¿De verdad de la buena?

Después la abuela Miller me dio un abrazo muy fuerte.

—Sí, hijita —me susurró al oído—. De verdad de la buena.

Luego me volvió a levantar. Y yo y ella dimos vueltas alrededor de la cocina.

4/ Jopi y Ruso

Mi clase de kindergarten se llama Salón Nueve.

En ese sitio tengo dos *supermejores* amigas. Una se llama Lucille.

Lucille se sienta *sactamente* a mi lado.

Tiene una silla roja. Y también tiene las uñas rojas y muy brillantes.

Mi otra *supermejor* amiga se llama Grace.

Yo y la tal Grace siempre nos sentamos juntas en el autobús. Pero hoy no. Porque hoy me llevó a la escuela el abuelo Miller.

Luego él entró conmigo en el Salón Nueve.

Y saludó a mi maestra.

Se llama Seño.

También tiene otro nombre. Pero a mí me gusta Seño y ya está.

Cuando entré en la clase, Lucille estaba mirando los zapatos nuevos de la tal Grace. Que se llaman tenis rosados.

—¡Oye, Grace! ¡Te ves lindísima con esos tenis nuevos! —le dije.

Pero la tonta de Grace ni siquiera me dio las gracias.

—Grace está enojada contigo —dijo Lucille—. Dice que hoy fue en autobús. Y tú ni siquiera estabas allí para guardarle el sitio. Y se tuvo que sentar cerca de un niño que le daba asco. ¿No es cierto, Grace?

Grace movió la cabeza arriba y abajo.

—Sí, Grace, pero no fue culpa mía —le dije—. Porque pasé toda la noche en casa de mi abuelo Miller. Y en ese sitio no hay auto-bús. Y me tuvo que traer él.

Entonces quise agarrar la mano de la tal Grace. Pero la apartó muy rápido.

—Eso no está bien, Grace —dije—. ¿Y sabes qué? Ahora no te pienso contar mi se-creto especial.

Y en ese momento la tal Grace me llamó cabeza de chorlito.

Lucille me dio la mano.

—Yo no creo que seas una cabeza de chorlito, Junie B. —me dijo—. Y por eso me puedes contar a mí tu secreto especial. Y no se lo voy a decir a nadie. Ni siquiera a Grace.

Y en ese momento la tal Grace le dio una patada a Lucille en la pierna.

Y por eso Lucille la empujó.

Y Seño vino a separarlas.

Yo levanté la mano con mucha educación.

—Yo no he sido —le dije a Seño.

Después de eso, nos tuvimos que sentar y hacer un trabajo. Se llama hacer números. Pero a mí no me salían muy bien. Porque Lucille no paraba de hablarme. Pues por eso.

—Vamos, Junie B. —me dijo en voz baja—. Cuéntame tu secreto especial. No se lo voy a decir a nadie. Lo prometo.

—Ya, pero no puedo, Lucille —le dije—. Porque no se puede hablar con tus compañeros ¿te acuerdas?

Entonces Seño me chascó los dedos.

—¿VES, LUCILLE? ¡TE DIJE QUE NO SE PODÍA HABLAR CON LOS COMPAÑEROS! —grité—. ¡AHORA ME CHASCÓ LOS DEDOS!

Justo en ese momento un niño que se llama Jim me dijo: "Shhh".

—¡Cállate tú, gordiflón! —le contesté.

Luego Seño se quedó parada a mi lado hasta que terminé mi trabajo. Y cuando acabé se lo llevó.

Me puse muy contenta. ¿Porque sabes qué hay después del trabajo? Algo muy divertido. Pues eso.

Y se llama Muestra y Cuenta.

—¿Quién quiere compartir algo interesante con el resto de la clase? —dijo Seño.

Entonces me empezó a latir el corazón muy fuerte. ¡Porque yo tenía el secreto más especial de todo el mundo mundial!

Levanté la mano hasta arriba del todo.

—¡EEEEEEH! ¡EEEEEH! —grité muy superfuerte—. ¡YO! ¡YO! ¡YO!

Seño movió la cabeza de lado a lado. Porque se supone que no puedo decir eeeeeh, eeeeeh, yo, yo, yo.

Señaló a William que es el llorón de mi clase. Yo le puedo dar una paliza. Creo.

—¿William? —dijo Seño—. Como levantaste la mano con mucha educación, tú puedes ser el primero.

Entonces William fue a la parte de delante de la clase con una bolsa de papel. Y sacó un frasco con dos grillos muertos.

Sólo que William no sabía que estaban muertos. Creía que estaban durmiendo.

—¡Salta, Jopi! ¡Salta, Ruso! —dijo.

Luego dio unos golpecitos en el frasco.

—¡Eh! ¡Despierten! —dijo.

Después de eso, William empezó a agitar el frasco con fuerza. Y siguió y siguió.

—¡DIJE QUE DESPIERTEN! —gritó.

Entonces Jopi y Ruso se empezaron a romper en pedazos. Y Seño le tuvo que quitar el frasco.

Y en ese momento William empezó a llorar. Y se tuvo que ir a la enfermería y acostarse un ratito.

Y luego yo volví a levantar la mano todo lo alto que pude.

¿Porque sabes qué? Que lo que yo tenía para Muestra y Cuenta era mucho mejor que los dos grillos muertos.

5 / Un cuento de monos

Seño dijo mi nombre.

—¿Junie B.? ¿Te gustaría ser la siguiente? —me preguntó.

Entonces me levanté de un salto. Y salí corriendo superrápido a la parte de delante de la clase.

—¿Saben qué? —dije muy nerviosa—. ¡Anoche mi mamá tuvo un bebé! ¡Y es del tipo varón!

Seño aplaudió.

—¡Oigan todos, Junie B. Jones tiene un hermanito! —dijo—. ¿No es maravilloso?

Entonces todo el mundo en el Salón Nueve aplaudió.

—¡Sí, pero todavía no oyeron lo *super-mejor* de todo! —grité—. ¿Porque saben qué? ¡Que es UN MONO! ¡Pues eso! ¡Mi hermano es un mono de verdad!

Seño puso una cara muy rara. Y cerró mucho los ojos. Y yo pensé que a lo mejor no me había oído o algo así.

—¡DIJE QUE MI HERMANO ES UN MONO! —volví a gritar más fuerte todavía.

Luego el malo de Jim saltó justo delante de mi pupitre. Y gritó:

—¡Mentira, mentira gorda!

—¡No es mentira! —le contesté—. ¡Mi hermano es un mono! ¡Si no me crees, pregúntaselo a mi abuela Miller!

Seño levantó las cejas por encima de su cabeza.

—¿Tu abuela te dijo que tu hermano es un mono? —me preguntó.

—¡Sí! —le dije—. Me dijo que tenía los dedos de las manos y de los pies muy largos. ¡Y que tenía pelo negro por todo el cuerpo!

Después de eso, Seño siguió mirándome.
Luego dijo que era hora de que volviera a mi
asiento.

—Sí, pero todavía no he terminado de
contar lo de mi hermano el mono —expli-

qué—. ¿Porque saben qué más? Que el papel de su habitación tiene dibujos de animales de la selva. Y su cama tiene unos barrotes alrededor. Pero yo le voy a enseñar a que no muerda ni mate a nadie.

Entonces un niño que se llama Ricardo, que tiene unas pecas muy graciosas por toda la cara, me dijo:

—Los monos son muy divertidos.

—Sí, ya sé que son divertidos, Ricardo —le dije—. ¿Y sabes qué? Que a lo mejor lo puedo traer a la escuela el Día de las Mascotas.

Entonces Ricardo me sonrió. Y como hizo eso, ahora es mi novio. Creo. Sólo que ya hay un niño en el Salón Ocho que me quiere mucho.

Justo en ese momento, Seño se paró y me señaló.

—Ya basta, Junie B. —me dijo—. Quiero que te sientes ahora mismo. Ya hablaremos tú y yo más tarde sobre este cuento de monos.

Y eso me hizo mucha gracia. Porque eso del cuento de monos me parece muy divertido.

Entonces me despedí de mi nuevo novio Ricardo con la mano.

Y me fui dando saltitos a mi pupitre.

6 / *Supermejores* amigas

El recreo es mi clase favorita. Lo aprendí en la primera semana de escuela.

El recreo es cuando sales afuera. Y sueltas toda tu energía.

Luego, cuando vuelves a entrar, puedes aguantar sentada más tiempo. Y no tienes hormigas en los pantalones.

En el recreo, yo y Lucille y la tal Grace jugamos a los caballos.

Yo soy Chocolate. Lucille es Negra. Y la tal Grace es Vainilla.

—¡YO SOY CHOCOLATE! —grité en cuanto salí afuera.

—Hoy no quiero jugar a los caballos —dijo Lucille—. Quiero que me cuentes más cosas sobre tu hermano el mono.

—Yo también —dijo Grace.

Después Lucille empujó a la tal Grace para apartarla del camino. Y me dijo un secreto al oído.

—Si me dejas verlo a mí primero, te dejo usar mi relicario —me dijo.

—Sí, ya. ¿Pero sabes qué? —le dije—. Que no tengo ni idea de lo que es un relicario.

Entonces Lucille me enseñó su relicario. Era una cadena con un corazoncito de oro.

—¡Es requetelindo! —me dijo—. Me lo regaló mi nana por mi cumpleaños.

Luego abrió el corazoncito. ¡Y dentro de esa cosa había una foto muy pequeñita!

—¡Mira! ¡Ahí hay una cabeza pequeñita! —dije muy contenta.

—Ya lo sé —dijo Lucille—. Es mi nana. ¿La ves?

Cerré un poco los ojos para ver poder verla mejor.

—Tu nana parece un camarón, Lucille —le dije.

Después de eso, Lucille cerró el relicario. Y me lo dio.

—Junie B. ¿Ahora soy tu mejor amiga? —me preguntó—. ¡Y por eso voy a ser la primera en ver a tu hermano el mono!

Justo en ese momento, la tal Grace dio un pisotón muy fuerte en el suelo.

—¡No, no puedes, Lucille! —gritó—. ¡Yo soy su mejor amiga! Porque yo y ella vamos en el autobús juntas. Y por eso yo voy a ser la primera que verá a su hermano el mono. ¿No es cierto, Junie B.? ¿No es cierto? ¿Eh?

Yo moví los hombros arriba y abajo.

—No lo sé, Grace —dije—. Porque

Lucille me acaba de dar este relicario que tiene una nana pequeñita. Así que ella va a ser la primera. Creo.

La tal Grace volvió a dar un pisotón. Me puso cara de enojada.

—¡Qué mala! —dijo.

¡Entonces se me ocurrió una idea buenísima!

—¡Oye! ¿Sabes qué? —dije muy nerviosa—. Que como Lucille me regaló algo muy lindo, ahora tú también me puedes regalar algo lindo. Y eso sería lo justo. Creo.

La tal Grace empezó a sonreír. Y se quitó su anillo brillante.

—¡Toma! —dijo—. ¡Lo encontré esta mañana en una caja de cereal! ¿Ves cómo brilla la piedra? Eso es porque es un diamante de mentira de plástico auténtico.

Luego le echó el aliento. Y le sacó brillo con la manga para dármelo.

—¡Oooooh! —dije—. Me encanta esta cosa, Grace.

—Pues claro —dijo ella—. Y ahora yo seré la primera en ver a tu hermano el mono. ¿No es cierto, Junie B.? ¿A que sí?

Después de eso tuve que pensar un poco.

—Sí, pero hay un problema, Grace —le dije—. Ahora tengo una cosa tuya y otra de Lucille. Eso es un empate.

Entonces Lucille se quitó rápidamente su suéter con el perrito escocés. Y me lo ató en la cintura.

—¡Ahí tienes! —dijo—. ¡Ahora yo te he dado dos cosas! ¡Así que sigo siendo la ganadora!

—¡Ah, no, de eso nada! —gritó la tal Grace—. Porque yo le voy a dar a Junie B. mi tíquet para la merienda. Y así ella se puede tomar mi leche y comer mis galletas.

—Buena idea —dije yo—. ¡Chócala!

—¿Ah, sí? —dijo Lucille—. Pues yo también le voy a dar mi tíquet para la merienda. ¡Así que sigo siendo yo la ganadora!

Después de eso Grace se miró por todo el cuerpo.

—Pero no es justo —dijo—. Porque yo no tengo nada más que darle.

Y entonces yo también miré por todo su cuerpo. Y empecé a dar saltos, arriba y abajo.

—¡Sí tienes, Grace! —le dije—. ¡Me puedes dar otra cosa! ¡Que se llama tus tenis rosados!

Grace se miró los pies. Parecía muy triste.

—Sí, pero esta es la primera vez que me los pongo —dijo en voz baja.

Y le di unas palmaditas en la espalda para que se sintiera mejor.

—Ya lo sé, Grace —le expliqué muy educada —. Pero si no me los das, no vas a poder ver a mi hermano el mono.

Y entonces yo y la tal Grace nos sentamos en el pasto. Y ella se quitó sus tenis rosados nuevos. Y me los dio.

—Gracias, Grace —le dije con mucha
educación.

Luego me paré.

—Muy bien. Ahora te toca a ti —le dije
a Lucille.

Pero en ese momento sonó la tonta de la
campana.

7 / Algunas palabras de la escuela

Entré en el Salón Nueve con todas mis cosas nuevas.

Me quedaban muy bien. Aunque los tenis rosados eran demasiado grandes. Y mis pies bailaban dentro de ellos.

Antes de sentarme, vi la silla roja de Lucille. Y le di unas palmaditas en la espalda.

—Lucille, lo siento —le dije—. Pero el rojo es mi color preferido. Y por eso me gustaría que me dieras tu silla. Creo.

Lucille me miró muy triste.

—Pero el rojo también es mi color preferido, Junie B.

Le di más palmaditas.

—Lo sé, Lucille —le dije muy educada—. Pero no importa, me lo tienes que dar. Así son las reglas.

Y lo hizo.

—Ahora seguro que soy la ganadora, ¿verdad? —me preguntó.

Yo moví los hombros arriba y abajo.

—No lo sé, Lucille —dije—. Creo que la tal Grace tiene algo de dinero en su bolsillo.

Después de eso, Seño repartió unos papeles de colores. Y cortamos hojas de otoño para decorar la clase.

El otoño es cuando se caen los árboles.

Decoramos las hojas con brillos.

Yo me puse un poco de brillos en el pelo. Y también en las cejas.

Entonces Seño me confiscó mi frasco de brillos.

Confiscar es la palabra que usan en la

escuela cuando te arrancan algo de las manos.

Justo en ese momento, la Señorita Guzmán llamó a la puerta. Y entró en la clase con leche y galletas.

—¡BRAVO! ¡VIVA LA SEÑORITA GUZMÁN! —le grité—. ¿SABE QUÉ SEÑORITA GUZMÁN? ¡QUE HOY TENGO TRES MERIENDAS! ¿VE? ¡TENGO TRES TÍQUETS!

Seño vino hacia mi silla. Se quedó mirándome.

—¿Cómo conseguiste los otros dos tíquets, Junie B.? —me preguntó—. ¿Los encontraste en el parque?

Luego me quitó los dos tíquets. Los levantó y se los mostró a todos.

—¿Alguien ha perdido su tíquet de la merienda? —preguntó a toda la clase.

—¡NO! —grité—. ¡Son míos! ¡Me los dieron Lucille y Grace!

Seño levantó las cejas.

—¿Lucille? ¿Le diste tu tíquet de la merienda a Junie B. hoy? —le preguntó.

—Sí —dijo Lucille—. Porque me obligó.

—¡Oye tonta, de eso nada! —dije—. ¡Yo no te obligué a nada!

Seño me dijo: "¡Silencio!".

Cruzó los brazos.

—¿Grace? ¿Tú le diste a Junie B. tu tíquet de la merienda? —le preguntó.

Entonces la tal Grace empezó a llorar. Porque creía que se había metido en un lío.

Seño dio unos golpecitos en el suelo.

—Grace, por favor, ven aquí y recoge tu tíquet de la merienda —dijo.

Y entonces la tal Grace pasó por delante de mi mesa sin zapatos, sólo con las medias.

Y Seño se quedó mirando a sus pies.

—¿Dónde están tus zapatos? —le preguntó.

Y entonces la llorona de la tal Grace empezó a llorar. Y señaló sus tenis.

Seño miró debajo de mi mesa.

—¡Junie B. Jones! —gritó—. ¿Por qué te has puesto los zapatos de Grace?

Seño parecía peligrosa.

—Porque... —dije un poco asustada.

—¿Porque qué? —dijo Seño.

—Porque así son las reglas —expliqué.

Entonces Seño se puso cerca de mi oreja.

—¿Qué reglas?

—Las reglas para saber quién verá primero a mi hermano el mono —dije.

Seño giró los ojos dentro de su cabeza.

—Póngase sus zapatos. Y acompáñeme ahora mismo, jovencita —me dijo.

Después yo y ella nos fuimos caminando

juntas por el pasillo. Y me hizo contarle lo que pasó en el recreo.

Luego le tuve que devolver a Lucille su relicario y el suéter con el perrito escocés. Y le tuve que devolver a la tal Grace el anillo auténtico de mentira del cereal.

Entonces Seño escribió una nota. Y me pidió que la llevara a la oficina.

La oficina es donde vive el jefe de la escuela. Se llama Director.

—Sí, ya, pero creo que hoy no quiero ir ahí —dije—. Porque si lo hago mi mamá se enojará conmigo.

Seño zapateó y me agarró de la mano.

—Venga, jovencita. Marchando —dijo.

Luego yo y ella nos fuimos marchando a la oficina.

Marchar es la palabra que usan en la escuela cuando te jalan muy fuerte.

8 / Yo y Director

La oficina es un sitio que da mucho miedo.

Tiene unos teléfonos que suenan muy fuerte. Y una señora que no conozco que escribe a máquina. Y una fila de sillas donde se sientan los niños malos.

Seño me sentó en una azul.

—Espera aquí —me dijo.

—Sí, claro, pero yo no soy mala —susurré.

Entonces me puse el suéter en la cabeza. Así nadie me podía ver sentada en la silla de los niños malos.

Luego empecé a mirar por la manga de

mi suéter. Y vi a Seño por el agujero de la manga.

Estaba llamando a la puerta de Director.

Luego entró. Y mi corazón empezó a saltar muy fuerte. Porque me estaba acusando. Creo.

Al poco rato volvió a salir.

Director venía con ella.

Director tiene una calva que parece de goma.

También tiene las manos muy grandes. Y unos zapatos enormes. Y una chaqueta negra.

—¿Puedes entrar en mi oficina un momento, Junie B.? —dijo.

Entonces tuve que entrar ahí yo solita. Y me senté en una silla grande de madera. Y Director dijo que me quitara el suéter de la cabeza.

—¿Qué está pasando aquí? —dijo—. ¿Por qué crees que tu maestra te trajo aquí hoy?

—Porque... —dije muy bajito.

—¿Porque qué? —dijo Director.

—Porque la tal Grace abrió su gran bocota — le expliqué.

Entonces Director se cruzó de brazos. Y me pidió que empezara desde el principio. Y lo hice.

Primero le dije que había pasado la noche en casa de mi abuelo.

—Para desayunar comimos unos panqueques riquísimos —le dije—. Yo me comí cinco. Pero mi abuelo no sabía dónde los había metido. Pero yo los puse aquí.

Luego abrí la boca y le mostré a Director dónde habían ido mis panqueques.

Después de eso, le conté que mi abuela había vuelto del hospital. Y me había contado que tenía un hermano mono. De verdad de la buena.

—Y entonces, a la hora de Cuenta y

Muestra, se lo conté a todos los niños —le dije—. Y en la hora del recreo, Lucille y Grace me empezaron a dar cosas muy lindas. Porque querían ser las primeras en verlo.

«Pero tuve mala suerte —le dije—. Porque cuando entramos en la clase, Seño descubrió lo de los tíquets de la merienda. Y la tonta esa de Grace abrió su gran bocota y le contó lo de los tenis. Y por eso vinimos marchando hasta aquí. Y me tuve que sentar en la silla de los niños malos.

Luego me estiré la falda.

—Fin —dije muy educada.

Director se frotó la cabeza que parece de goma.

—Junie B., creo que debemos volver a la parte en la que tu abuela volvió del hospital —dijo—. ¿Te acuerdas exactamente cómo te dijo que tu hermano era un mono?

Cerré los ojos muy fuerte para acordarme.

—Sí —dije—. La abuela Miller dijo que era el bebé más mono que había visto.

Director cerró los ojos.

—¡Aaah! —dijo un poco bajo—. Ahora lo entiendo.

Después de eso sonrió un poco.

—Junie B., mira, cuando tu abuela llamó a tu hermanito mono, no se refería al animal que se llama mono. Quería decir, eh…, bueno, lindo.

—Ya sé que es lindo —dije—. Porque todos los monos son lindos. Pero no me gustan los grandotes, porque te pueden matar.

Director sacudió la cabeza.

—No, Junie B., no es eso lo que quiero decir. Lo que te estoy diciendo es que tu hermano no es un mono. Es un niñito pequeño.

Yo puse cara de enojada.

58

—No, no es un niñito pequeño —le dije—. Es un mono de verdad, con pelo negro y los dedos de las manos y de los pies muy largos. Si no me cree se lo puede preguntar a mi abuela Miller.

¿Y a que no sabes qué hizo Director? ¡La llamó! ¡Eso es lo que hizo! ¡Llamó a la abuela Miller por teléfono!

Y luego habló con ella. Y luego, yo también hablé con ella.

—¡Oye, abuela! —dije gritando—. ¿A qué no sabes lo que está pasando aquí? Director dice que mi hermanito no es un mono de verdad. Pero sí lo es. Porque tú me lo dijiste. ¿Te acuerdas? Dijiste que era un mono. De verdad de la buena.

Entonces la abuela Miller me dijo que lo sentía mucho. Que no quería decir que era un mono de verdad. Sino que era muy lindo.

Lo mismo que me había explicado Director.

Y entonces me sentí muy mal por dentro.

—¿Ah, sí? ¿Entonces qué pasa con todo ese pelo negro? ¿Y los dedos largos? —dije—. ¿Y por qué tiene una cama que parece una jaula? ¿Y por qué el papel de la pared tiene a sus amigos los animales de la selva?

Pero la abuela Miller siguió diciendo que mi hermanito era un bebé normal muy lindo. Y al final yo no quería seguir hablando con ella. Y le colgué el teléfono.

Entonces bajé la cabeza hasta abajo. Y mis ojos se mojaron un poquito.

—¡Demonios! —dije muy bajito.

Después de eso, Director me dio un pañuelo. Y me dijo: "Lo siento".

Luego me tomó de la mano.

Y yo y él volvimos al Salón Nueve.

9 / Cerdos y tortugas y otros

Director entró conmigo en el Salón Nueve.

Y dio unas palmadas con sus manos gigantes.

—¡Niñas y niños, por favor, atiendan! —dijo—. Me gustaría explicarles lo que pasó hoy durante Muestra y Cuenta. Se trata de Junie B. Jones y su nuevo hermanito.

Justo en ese momento, Jim, ese que me cae tan mal, saltó de la silla.

—¿A que no es un mono? —gritó—. ¡Lo sabía! ¡Sabía que no era un mono!

Le mostré mi puño.

—OYE, TONTO ¿QUÉ TAL SI TE ROMPO LA NARIZ CON ESTO? —le grité.

Entonces Director me frunció el ceño. Y yo sonreí.

—Ese niño me cae fatal —dije muy educada.

Después de eso, Director respiró muy hondo.

—Niñas y niños, hay una buena razón por la que Junie B. les dijo que su hermanito era un mono —dijo.

—¡Sí! ¡La culpa es de mi abuela Miller! —interrumpí—. Porque ella me dijo que mi hermanito era un mono. Pero no quería decir que era un mono de verdad. ¿Pero quién podía imaginarse esa tontería?

Director volvió a fruncir el ceño. Luego habló un poco más.

—Verán, niños y niñas —dijo—. A veces los mayores dicen cosas que pueden resultar muy confusas para los niños. Por ejemplo, si algún día me oyen decir que alguien es una tortuga, en realidad no me refiero al animal. Lo que quiero decir es que hace las cosas muy despacio.

—Sí —dijo Seño—. Y cuando decimos que alguien es un lince, a lo mejor piensan que es un lince de verdad. Pero lo que quiere decir es que es muy inteligente.

—¡Oye! ¡Se me acaba de ocurrir uno! —dije muy nerviosa—. Un niño que es un burro, no es un burro de verdad. Sólo lo parece.

Entonces mi amiga Lucille levantó la mano.

—Yo también tengo uno —dijo—. A veces mi nana le dice a mi papá que es más terco que una mula y en realidad no quiere decir que es una mula. Sino que es un cabeza dura.

—Sí, y yo no soy un cerdo —dijo mi nuevo novio Ricardo—. Pero mi mamá dice que como como si lo fuera.

Después de eso, un montón de niños dijeron que ellos también comían como cerdos.

Pero un niño que se llama Donald dijo que él comía como un caballo.

Y el llorón de William dijo que comía como un pajarito.

Justo en ese momento era la hora de que sonara la campana. Y yo y Director nos dijimos adiós. Y volví a mi asiento.

Entonces le devolví a Lucille su silla roja. Fue muy buena conmigo.

—Siento que tu hermano no sea un mono de verdad, Junie B. —me dijo.

—Gracias, Lucille —dije—. Yo también siento que tu papá no sea una mula de verdad.

Después de eso, sonó la campana para irnos a casa.

Y entonces yo y Lucille y la tal Grace nos dimos la mano. Y salimos afuera juntas.

¡Luego pasó algo maravilloso!

¡Y es que oí la voz de mi mamá!

—¡JUNIE B.! ¡JUNIE B.! ¡AQUÍ, MI AMOR! PAPÁ Y YO ESTAMOS AQUÍ.

Luego miré al estacionamiento. ¡Y la vi! Y salí corriendo superrápido. Y entonces yo y mamá nos abrazamos y nos abrazamos. ¡Porque no la había visto en un día entero!

Después salió mi papá del carro. Y llevaba una manta pequeña en los brazos. ¿Y sabes qué era eso?

Mi nuevo hermanito. ¡Pues eso!

Era muy pequeñito. Y todo rosado. Menos la cabeza, que estaba llena de pelo negro.

Lo toqué. Era suave.

Justo entonces pasó Ricardo. Y vio a mi hermanito.

—Qué pelo más gracioso —dijo.

Yo sonreí mucho.

—Ya lo sé, Ricardo —le dije—. ¿Y sabes qué? Que ni siquiera huele a *k.k.*

Luego me metí en el carro y le conté a mamá lo del relicario. Y me dijo que a lo mejor me compraba uno para mí. Y

podía poner la cabecita de mi hermanito adentro.

—Sí. Y también quiero unos tenis rosados, por favor —dije muy educada.

—A lo mejor —dijo mamá.

—¡Qué bien! —dije.

¡Porque "a lo mejor" no quiere decir no! ¡Pues por eso!

Y entonces levanté la manta. Y volví a mirar a mi hermanito.

—Bueno, ¿qué te parece, Junie B.? —dijo mamá.

Sonreí mucho.

—Creo que es el bebé más mono que he visto en mi vida —dije.

Entonces mamá se rió.

Y yo también me reí.

Junie B. tiene mucho que decir sobre...

castigo

Un castigo es la palabra que usan en la escuela cuando te tienes que sentar en una mesa muy grande tú solita. Y todo el mundo te mira. Y te hacen sentir como una *k.k.*

reglas

Mi salón se llama Salón Nueve. En ese sitio hay un montón de reglas: No se grita. No se corre por los pasillos. Y no se embiste con la cabeza a los otros niños en el estómago.

cuchichear

Cuchichear es lo que haces cuando la maestra sale del salón.

donuts

¡Los donuts de mermelada son mis preferidos! ¡Aunque también me gustan los de crema! ¡Y los de chocolate! ¡Y los que tienen bolitas de colores encima!

chupetes

Los chupetes son lo que les gusta chupar a los bebés. Pero no sé por qué. Porque una vez chupé el de Ollie y sabía a mis zapatillas deportivas rojas.

llaves

Bedel abre las puertas de los baños con las llaves y si no lo hiciera, no podríamos ir al inodoro.

Lucille

Lucille llevaba un vestido nuevo que le había comprado su nana. Era de terciopelo rosado. También llevaba unos zapatos rosados y brillantes y unas medias que tenían lazos y puntillas. Esa nana es una ricachona. Creo.

El bebé Ollie

Mamá se pasa todo el tiempo con el tonto ese del bebé que es un pesado. Y no sabe ni voltearse. Ni sentarse. Ni jugar a las damas chinas. Es un bobo.

Sr. Caries

Si no te lavas los dientes por la mañana tu aliento huele que apesta.

Acerca de la autora

"Los bebés al nacer parecen unas criaturas extrañas", dice Barbara Park. Se le ocurrió escribir este libro un día que pensaba en apodos para bebés. Ella, por supuesto, nunca pensó que su hermanito era un mono. "Pero a nuestro primer hijo lo llamábamos Cabeza de Tortuga", añade.

Barbara Park, autora de una docena de libros para niños, ha recibido muchos premios, incluidos siete premios *Children's choice* y cuatro premios *Parent's Choice*. Vive en Arizona con su esposo, Richard, y sus dos hijos, Steven y David.